collection cascade

GILLES FRESSE

LE ROCK DE LA MAÎTRESSE

ILLUSTRATIONS DE
THIERRY CHRISTMANN

RAGEOT•ÉDITEUR

À mes collègues de l'école du Cloître.

Collection dirigée par Caroline Westberg

ISBN 2-7002-2465-5
ISSN 1142-8252

MONSIEUR LECAILLON, OMAR ET MOI

– Quelle est la formule du périmètre du cercle ? a interrogé notre maître, monsieur Lecaillon.

On aurait entendu une mouche voler. Chacun essayait d'échapper à sa façon à la question embarrassante. La plupart baissaient la tête, certains prenaient une pose laissant à croire qu'ils réfléchissaient intensément, d'autres s'en fichaient éperdument.

– Je répète : quelle est la formule du périmètre du cercle ?

Toujours aucun volontaire. Le silence persistait.

Comme d'habitude, monsieur Lecaillon s'est finalement adressé à moi :

– Nicolas ?

Je dis comme d'habitude car il ne me donne la parole que lorsque les autres tombent en panne sèche. Le reste du temps, il m'accorde une paix royale. À part en orthographe où il est toujours sur mon dos.

– Pi fois le rayon fois deux ou pi fois le diamètre, ai-je répondu simplement.

Omar, mon voisin, m'a adressé un clin d'œil. Omar, c'est mon grand copain. Le benjamin d'une famille marocaine de six enfants. Six garçons. Avec son mètre cinquante de muscles, c'est le patron de la cour de récré. Il a deux ans de retard. Cela n'a rien à voir avec l'intelligence. Disons que l'école ne le passionne pas.

Enfin, nous n'avons pas toujours été amis. Quand je suis arrivé au CM2, quinze jours après la rentrée, nos rapports n'étaient pas des meilleurs. Il ne supportait pas qu'un gamin d'un peu plus de huit ans en sache plus que lui et toute la classe réunie. À la première récré, il m'a menacé :

– Hé, Trois Pommes, tu ne vas pas ramener ta science sans arrêt quand même !

Le surnom de Trois Pommes m'est resté mais Omar a été de plus en plus sympa avec moi pour trois raisons.

La première, c'est que grâce à mon

aide, il a remonté sa moyenne de plus de trois points en un trimestre, selon une tactique simple que j'ai imaginée. Ne comptez pas sur moi pour vous la révéler, je ne veux pas d'ennuis avec vos parents.

La deuxième, c'est que monsieur Lecaillon ne m'interroge pratiquement jamais car il sait que je connais toutes les réponses.

Et la troisième, c'est que pour Omar et moi, en orthographe, c'est le même combat : il n'y en a pas un pour rattraper l'autre. Cela nous a rapprochés davantage !

J'ai su lire et compter à trois ans mais je suis resté à la maternelle jusqu'à cinq.

Après le cours préparatoire et deux petits mois de CE1, j'ai fini l'année au CE2.

Un passage éclair au CM1 – deux semaines – et je me suis retrouvé sur les bancs du CM2 avec Omar et ce brave monsieur Lecaillon. J'ai eu huit ans en décembre, le 6.

J'ai rencontré le psychologue scolaire

à plusieurs reprises. Mon Q.I. ne laisse aucun doute : je suis ce qu'on appelle un surdoué. Q.I. c'est l'abréviation de quotient intellectuel. Les cours de récré se mesurent en mètres et les patates en kilogrammes. L'intelligence, elle, se mesure en Q.I.

Il existe des écoles spécialisées pour les surdoués mais ce sont des instituts privés et les revenus de mes parents sont trop modestes pour que j'y entre. Papa est chauffeur routier et maman ouvreuse dans un cinéma. J'ai passé un nombre impressionnant de mercredis après-midi dans les salles, devant les écrans, et je connais tous mes classiques.

Je ne peux pas dire que je m'ennuie mais j'ai largement la possibilité de suivre en quatrième, si l'on excepte mon niveau exécrable en orthographe et la lenteur avec laquelle j'effectue les exercices au cahier du jour. Je comprends les consignes avant même la fin des énoncés mais il me faut un temps fou pour rédiger les réponses. Je suis toujours le dernier à rendre mon travail.

Le psychologue a répondu à maman qui s'inquiétait de mon niveau abominable en orthographe et de ma vitesse d'escargot endormi :

– Tranquillisez-vous, madame Périsset, ce n'est qu'une question de maturité. Ne perdez pas de vue que Nicolas a seulement huit ans. Comme il a sauté plusieurs classes, il lui manque des bases en orthographe et la rapidité d'exécution. Mais, je ne me fais aucun souci, cela viendra petit à petit.

Ce qui m'intéresse le plus, ce sont les sciences, l'histoire et les maths. Je me sens bien dans la classe de monsieur Lecaillon. Surtout à cause des récrés. L'heure des matchs de basket, j'adore ça. Plus encore que les sciences, l'histoire et les maths. J'ai eu du mal à intégrer l'équipe car ma taille ne m'avantage pas.

Ce qui me pose le plus problème, c'est la grosseur et la lourdeur du ballon. Là encore, c'est Omar qui m'a imposé. Il a été gentil mais mes coéqui-

piers ne me passent guère la balle, à moins d'y être vraiment obligés.

Je suis pourtant doué d'un grand sens tactique et c'est souvent grâce à mes conseils que notre équipe caracole en tête du championnat CM1-CM2 que j'ai mis sur pied au sein de l'école. Omar, lui, c'est notre Michael Jordan, notre maître à jouer. Il marque la quasi-totalité des points, surclassant d'une tête tout son monde. Il appartient à l'équipe locale et exerce ses talents en benjamin.

Autant dire un vrai pro ! Je donnerais mon carnet de notes pour occuper sa place. Mais je suis sûr qu'il ne serait pas d'accord pour un échange de ce genre. Tant pis, il faut faire avec ce qu'on a.

LE ROCK DE LA MAÎTRESSE

C'était un vendredi soir. Le Vendredi saint plus précisément. Je m'en rappelle parce qu'il n'y avait pas eu de viande à table et que papa venait de rentrer avec son camion. Un vieux trente-huit tonnes qui fume comme une dizaine de dragons. Je classais les images de ma collection de basket N.B.A., le championnat de basket professionnel des États-Unis, quand la voix de maman a traversé le couloir jusqu'à ma chambre.

– Nicolas ! Nicolas ! Viens vite !

Je les ai rejoints en quatrième vitesse me demandant ce qui pouvait la faire crier ainsi. Ils étaient installés devant la télévision.

– Qu'est-ce qu'il y a ?

– Regarde ! m'a répondu papa en pointant son doigt vers le petit écran.

Au premier coup d'œil, je n'ai rien remarqué de particulier.

Un jeune garçon se trémoussait sous les projecteurs en hurlant des paroles que je ne comprenais pas.

Il était vêtu d'une sorte de costume blanc à longues franges genre Buffalo Bill et se tortillait sur la scène à grand renfort de contorsions. La musique était sympa, un rock entraînant. Mais ce n'était pas pour cette raison que maman m'avait appelé.

La caméra a zoomé sur lui et son visage m'est apparu en gros plan. J'ai eu un instant de saisissement : cette figure, là, devant mes yeux ébahis, c'était moi. Exactement moi ! La copie conforme de mon nez, de ma bouche. Ses cheveux étaient plus longs et un peu plus foncés que les miens mais c'était la seule différence que je remarquais.

Mes parents attendaient ma réaction.

– Incroyable, non ? m'a demandé papa.

J'ai repris mon sang-froid et, le plus calmement du monde, j'ai expliqué :

– C'est mon sosie. Il paraît qu'on en a tous un. Toi aussi tu as le tien. Un type qui est ton portrait craché quelque part en France ou en Europe. Rien de plus naturel.

– Alors ça, c'est le comble ! a assuré maman, excédée. Tu découvres ton sosie à la télévision et c'est tout l'effet que cela te fait ? Tu nous récites tranquillement une théorie ?

J'aurais bien voulu lui dire que, selon les paroles d'un grand philosophe, *il faut toujours raison garder,* mais le morceau était terminé. Le présentateur de l'émission de variétés a déclaré :

– C'était Jorémi qui a interprété sa première chanson : *Le Rock de la maîtresse* ! Nous lui souhaitons beaucoup de succès. À bientôt nous l'espérons !

Je sentais que j'avais énervé maman en ne faisant preuve d'aucun étonnement. Car, je dois l'avouer, j'avais été troublé un instant. Mais au lieu de me démonter, j'avais joué les gros durs. Un peu comme lorsqu'on se fait mal devant les copains et qu'on rit pour ne pas pleurer. La fin de la soirée s'est déroulée normalement. Je suis resté avec papa tandis qu'elle partait rejoindre ses salles obscures.

J'ai passé un sale week-end. Même *L'Empire contre-attaque* n'a pas réussi à me sortir Jorémi de la tête. Le lundi, à l'école, les autres ne m'ont pas raté. Naturellement, plusieurs élèves de ma classe avaient vu l'émission. La rumeur s'est répandue à une vitesse sidérale. À la récré de 10 heures, il y avait un monde fou pour me soutenir autour du panneau de basket.

! L'EVENEMENT !
CASCADE HEBDO
JOREMI
Cascade SOIR
JOREMI
CENT MILLE DISQUES VENDUS !
PRESSE
JOREMI
CASCADE MATIN
JOREMI
JOREMI
JO RE MI
CASCADE NEWS
JOREMI
JOREMI

– Passe à Jorémi !

– Vas-y Jorémi !

– Une chanson, Jorémi ! Une chanson ! Une chanson !

Je ne savais plus où me mettre, j'aurais voulu disparaître dans un trou de souris. Omar, qui était l'un des rares à ne pas être au courant, m'a demandé après le match :

– C'est quoi cette blague avec Jorémi ?

Je lui ai résumé l'histoire en lui laissant entendre que les événements ne me plaisaient guère.

– T'inquiète, Trois Pommes, je vais arranger ça.

Dans les rangs, il a profité de l'absence de monsieur Lecaillon pour déclarer :

– Le premier qui se moque encore de Trois Pommes, je lui dessine une tête de Mickey avec des oreilles carrées !

J'ai eu la paix quelques jours, mais ensuite Omar n'était plus en mesure de voler à mon secours. Le phénomène Jorémi avait pris des proportions énormes : pas une journée ne se passait sans que le jeune chanteur n'apparaisse à la télé ou que la radio ne martèle le refrain débile de sa chanson idiote :

C'est le rock de la maîtresse
Qui lance des S.O.S.
Avec ses immenses tresses
Comme un navire en détresse.

Les journaux à la mode rivalisaient de gros titres :

JORÉMI, LA JEUNESSE QUI BOUGE !
JORÉMI : CENT MILLE DISQUES VENDUS.

J'en passe et des meilleures. Il y avait bien, ici ou là, quelques voix qui s'élevaient au nom de la culture française et de l'exploitation honteuse d'un enfant vedette pour dénoncer ces monstruosités, mais elles ne parvenaient pas à se faire entendre. Ma vie était devenue un véritable cauchemar ! Même monsieur Lecaillon et les autres instituteurs me regardaient différemment. J'avais la vague impression de ne plus être à leurs yeux que la pâle copie du chanteur prodige. Disparu Nicolas Périsset.

Un soir, j'en ai parlé avec mes parents. Maman était très fière que je ressemble comme deux gouttes d'eau à ce charmant bambin. Elle en tirait un succès sans pareil auprès de ses collègues. Papa était plus réservé mais il m'a confié, impuissant :

– Que veux-tu que j'y fasse ?

Il n'y avait qu'Omar pour me comprendre vraiment :

– Te bile pas ! Ça va se tasser. Et puis même s'il y avait deux mille Jorémi, pour moi tu resterais toujours Trois Pommes.

Mais contrairement aux prévisions d'Omar, ça ne s'est pas tassé.

POMPES JAUNES

Un soir, en rentrant chez moi, je me suis aperçu que j'avais oublié mon cahier de textes en classe. Cela tombait mal puisque la dictée à préparer pour le jeudi y était collée. J'ai rebroussé chemin et, pour la première fois, je l'ai remarqué : un homme de grande taille portant un imperméable et des chaussures jaunes.

Il me tournait le dos et regardait la vitrine de la boulangerie située juste en face de l'école.

Le même soir, je l'ai revu. Maman m'avait envoyé acheter des œufs à l'épicerie et quand j'ai débouché dans la rue, il a fait semblant de nettoyer ses mocassins jaunes.

Le mercredi après-midi, à la bibliothèque, alors que j'étais plongé dans une théorie passionnante sur la disparition des dinosaures, j'ai eu la sensation désagréable que quelqu'un m'observait. J'ai levé la tête brusquement et j'ai vu un visage moustachu disparaître entre les bouquins de l'étagère d'en face. J'ai baissé les yeux et j'ai reconnu les chaussures qui pointaient le bout de leur nez en-dessous du rayonnage.

J'ai commencé à paniquer. Il n'y avait plus de doute permis : cet homme me suivait. Mais pour quelle raison ?

Surtout, garder mon calme. J'ai rangé mes documentaires et j'ai quitté la bibliothèque en m'efforçant de ne pas obéir à la petite voix intérieure qui m'incitait à piquer un sprint endiablé. L'homme m'a suivi jusqu'en bas de mon immeuble. Maman n'était pas à la maison et papa ne devait pas rentrer de la semaine. Je n'ai pas songé un instant à prévenir la police et j'ai téléphoné chez Omar. C'est lui qui a décroché :

– J'en bave, Trois Pommes. Je suis en train de préparer ma dictée. Pas fastoche, hein ?

Je lui ai tout expliqué.

– Et il est où, Pompes Jaunes, en ce moment ? m'a-t-il demandé.

J'ai tiré le rideau de la fenêtre.

– Juste en bas de chez moi.

– Bon. Tu ne bouges pas. Le temps de prévenir mes frères et on déboule en quatrième vitesse.

Un petit quart d'heure plus tard, une nuée de mobylettes pétaradaient dans la rue. Omar n'avait pas ramené seulement ses frères car ils étaient une bonne vingtaine à encercler mon suiveur. J'ai pris mon courage à deux mains et je les ai rejoints.

Au milieu du cercle formé par les mobylettes en délire, Pompes Jaunes n'était guère fringant. Quand il m'a aperçu, il a détalé comme un lapin, profitant du moment de relâchement provoqué par mon arrivée dans la ronde infernale.

Saïd, le frère aîné d'Omar, a levé sa main dans les airs, tel un chef indien. Ce signe sioux devait signifier « Arrêtons la poursuite, mes braves » car aucun des attaquants n'a cherché à traquer Pompes Jaunes.

Saïd a ôté son casque :

– Je crois qu'on lui a fichu une bonne pétoche et que tu auras la paix maintenant. Mais n'hésite pas à nous prévenir si jamais il recommence.

Je n'ai pas eu le temps de le remercier que déjà, il enfourchait son cheval mécanique. Omar, sur le porte-bagages, m'a crié :

– À demain, Trois Pommes !

PAPA À LA RESCOUSSE

De retour à la maison, j'ai eu un mal fou à me concentrer sur la préparation de ma dictée.

Des questions obsédantes me titillaient : qui était cet homme ? Que me voulait-il ? Et s'il était dangereux ? Non. S'il m'avait voulu du mal, il serait déjà passé à l'action.

N'empêche, je n'étais pas tranquille.

D'autant plus que maman ne rentrerait pas avant 20 heures. J'ai entendu un pas lourd dans l'escalier de l'immeuble. J'ai pris peur et je me suis rué sur la porte de l'appartement que j'ai verrouillée silencieusement.

Les pas se rapprochaient, toujours aussi bruyants. J'ai calé une chaise derrière la poignée, un truc que j'avais vu au cinéma dans *Meurtre en direct*, un film de gangsters.

Il était là, tout près. Je percevais sa respiration haletante à travers les quelques centimètres de bois qui nous séparaient. Que faire ? J'ai vu la poignée s'abaisser. J'étais tétanisé, incapable d'esquisser un mouvement, de prendre la moindre décision. Je me contentais de fixer la serrure en me demandant à quelle poussée elle pourrait résister.

Il a tambouriné sur le battant. Il allait bientôt enfoncer la porte.

– Nicolas ? Tu es là ?

J'ai poussé un soupir de soulagement et j'ai ouvert. Papa se tenait devant moi. Je lui ai sauté dans les bras.

– Mais tu es blanc comme un linge ! Tu es malade ?

– Non, j'ai eu peur.

Une ride d'inquiétude a barré son front :

– Peur ? Mais de quoi ?

Je lui ai tout raconté. L'homme aux chaussures jaunes, l'intervention du gang des mobylettes. Il m'a écouté sans m'interrompre et a conclu :

– Je ne vois qu'une solution. Demain nous préviendrons le commissariat. Je t'accompagnerai à l'école le matin et je viendrai te chercher à la fin des cours.

– Et ton travail ?

– J'ai coulé une bielle sur mon camion. Le moteur est fichu. Comme il n'y a plus d'autres bahuts disponibles, le patron m'a mis en congé le temps qu'on le répare. C'est pour ça que je suis revenu ce soir.

– Super !

Avec papa à mes côtés, je ne craignais plus personne.

Le lendemain, il m'a escorté jusqu'à la grille. Durant le trajet, j'ai eu beau scruter les alentours, je n'ai pas remarqué Pompes Jaunes. Était-ce la présence de papa ? Ou alors l'intervention de la bande à Saïd ?

La matinée s'est déroulée normalement. J'ai obtenu un dix sur vingt en dictée. Omar a eu moins de chance avec seulement un sept.

L'après-midi a été plus agité car j'ai eu deux accrochages avec monsieur Lecaillon. Le premier en maths parce qu'il s'était trompé dans le calcul d'un pourcentage. Il a tenté de sauver la face en fustigeant les autres :

– Je fais volontairement des erreurs afin de vérifier si vous suivez et qu'est-ce que je constate ? Qu'il n'y en a qu'un sur vingt-cinq qui écoute ! C'est un comble !

Le deuxième lors de la leçon d'histoire qui portait sur les seigneurs au Moyen Âge. Nous observions une diapositive sur l'attaque d'un château fort quand monsieur Lecaillon a pointé le coin gauche de l'écran en disant :

– Et ici vous apercevez une catapulte...

J'ai immédiatement levé le doigt. Je ne pouvais pas laisser passer une telle aberration.

– Oui, Nicolas ? s'est inquiété le maître.

Il est toujours tendu lorsque je demande la parole sans qu'il ait posé de question.

– Ce n'est pas une catapulte...

Il s'est renfrogné.

– C'est une bricole. C'étaient les Romains qui utilisaient la catapulte. Au Moyen Âge, on se servait d'une bricole pour projeter les boulets sur les murailles. D'ailleurs si on regarde de plus près, on aperçoit le contrepoids qui...

– Ça suffit, Nicolas ! Cela n'a strictement aucune importance !

Il était vexé. Les autres élèves étaient ravis. Surtout Omar qui me donnait de petits coups de genou pour m'exprimer sa satisfaction.

– Je crois au contraire que c'est important, monsieur, parce que entre la catapulte et la bricole il y a presque huit cents ans et...

Je me suis tu. Il était livide, sur le point d'exploser. Il s'est efforcé de me parler le plus calmement possible, en détachant bien ses mots :

– Nicolas Périsset (c'est mauvais signe quand il nous appelle par le nom et le prénom en même temps) plutôt que d'ergoter, mets plus de zèle à étudier tes règles d'orthographe !

Et paf ! Cela m'apprendrait.

Omar a sauté sur l'occasion pour faire un jeu de mots :

– Ce n'est pas de sa faute m'sieur, Nicolas est au régime sans zèle !

Ceux qui ont compris ont éclaté de rire. Monsieur Lecaillon, qui apprécie l'humour, a souri et l'atmosphère s'est détendue.

Après la sonnerie, j'ai traversé les couloirs en quatrième vitesse. J'avais hâte de retrouver papa. Au beau milieu de la cour, je me suis arrêté net : il était là, juste devant la grille, comme prévu. Mais je ne m'attendais pas du tout, mais alors pas du tout, à ce qu'il soit en pleine discussion avec Pompes Jaunes.

LA CHANCE DE MA VIE ?

Quand papa m'a aperçu, statufié parmi les autres élèves qui s'égaillaient en tous sens, il m'a adressé un signe de la main, m'encourageant à le rejoindre. Un geste qui signifiait « Tu peux venir, il n'y a aucun risque ».

La mort dans l'âme, je les ai rejoints. La présence de papa ne me rassurait pas totalement.

Trop de questions demeuraient encore sans réponse. Enfin, peut-être allais-je connaître le fin mot de l'histoire ?

Papa m'a présenté Pompes Jaunes :

– Oscar Naval. Détective privé.

C'était la première fois que j'approchais cet homme d'aussi près. Je l'ai bien regardé : rien à voir avec les privés que j'avais pu admirer sur les écrans du septième art. Plutôt décrépit ce brave Oscar.

Sa moustache tirait sur le jaune, assortie à ses chaussures, soulignant un nez immense et tranchant. Ses yeux lui donnaient l'air triste d'un cocker réclamant à manger. Il ne m'impressionnait plus le moins du monde.

Papa a poursuivi :

– Je ne vous présente pas Nicolas...

Naval s'est gratté la gorge, l'air gêné :

– Hem, hem... Enchanté, Nicolas.

Je n'ai rien dit. Il a continué :

– C'est un peu long à expliquer. Claude-Jean Boudrau m'a chargé de te surveiller.

– Je ne connais pas de Claude-Jean Machin Truc...

– Évidemment. Mais le nom de Jorémi t'est sûrement familier. C'est son père. Voici sa carte.

Oh non. Pas Jorémi ! Je rêve ? Ou plutôt je cauchemarde ! Je ne lui demande rien à ce rocker miniature. Qu'il me fiche la paix !

J'ai empoché le carton rectangulaire machinalement et je me suis fermé comme une huître à marée basse. Oscar Naval a repris :

– Il y a environ une semaine, il a reçu ta photo…

Ma photo ? Qui lui avait envoyé ma photo ?

– … Il a été frappé par ta ressemblance avec Jorémi et il m'a engagé afin que je lui en apprenne le plus possible sur toi. Il a une proposition à te faire.

Papa a froncé les sourcils :

– Quel genre de proposition ?

Re-grattements de gorge :

– Hem, hem… Il voudrait t'engager pour remplacer Jorémi dans certaines occasions. C'est très bien payé et…

Papa ne l'a pas laissé finir :

– Nicolas n'est pas à vendre. Vous

pouvez le répéter à monsieur Boudrau. Sur ce, je vous souhaite le bonsoir.

Et vlan ! Super papa.

Il a pris ma main et m'a entraîné derrière lui. Nous sommes rentrés à l'appartement.

J'étais soulagé. D'une part j'avais les réponses à mes questions et d'autre part, papa m'avait rassuré en refusant l'offre du père de Jorémi. Il ne nous restait plus qu'à attendre maman pour la mettre au courant.

Je n'avais pas de dictée pour le lendemain, j'avais donc toute liberté pour me consacrer à mon passe-temps favori, le classement de ma collection d'images de la N.B.A. J'ai enfilé dans mon baladeur la cassette de Tonton David qu'Omar m'avait prêtée.

Bizarrement, lorsqu'elle est revenue, maman n'a fait aucun commentaire sur notre rencontre avec Oscar Naval. Si je ne l'avais pas aussi bien connue, j'aurais cru qu'elle était déçue par la réponse négative de papa.

Dans la nuit, je me suis réveillé à cause d'une envie de pipi assez pressante. En passant devant la chambre de mes parents, je les ai entendus bavarder. La discussion paraissait animée car leurs voix me parvenaient distinctement à travers la porte. Maman semblait en colère :

– Pourquoi, mais pourquoi as-tu refusé ?

– Tu sais très bien que Nicolas ne veut rien entendre à propos de Jorémi.

– Mais Gérard, ce Jorémi comme tu dis, c'est la chance de sa vie !

– La chance de sa vie ???

– Bien sûr. Cet institut pour surdoués dont le psychologue scolaire nous a parlé, comment crois-tu que nous pourrons l'y inscrire ? Maintenant que tu es au chômage, les fins de mois seront encore plus difficiles qu'avant.

Au chômage ? Papa m'avait donc menti en m'affirmant que le moteur de son camion était cassé ? Il n'avait pas osé m'avouer qu'il avait été licencié.

– Je n’avais pas vu les choses sous cet angle, a reconnu papa.

– Ça ne m’étonne pas ! lui a reproché maman. Toi et l’argent, ça fait deux.

Je n’ai pas voulu en savoir davantage. Après un passage éclair et silencieux aux toilettes, j’ai regagné ma chambre et je crois bien que j’ai un peu pleuré.

LES ESPIONS

J'ai très mal dormi, ressassant dans un demi-sommeil la discussion de mes parents. Le plus embêtant, c'était d'être la cause de cette dispute. Sans compter que j'avais appris le licenciement de papa. Pas terrible pour me redonner le moral.

Le petit-déjeuner a été d'une tristesse

incroyable. Personne n'a desserré les dents.

Quand je suis arrivé à l'école, Omar m'attendait sous le préau, son ballon de basket sous le bras.

– Un concours de lancers francs, Trois Pommes ?

– Non merci. Je n'ai pas le cœur à ça.

– Qu'est-ce qui se passe ? Pompes Jaunes te cherche encore des poux dans la tête ?

– Non.

J'hésitais à me confier à lui. C'est parce que je me suis rappelé ses paroles, « Même s'il y a deux mille Jorémi, pour moi tu resteras toujours Trois Pommes », que je lui ai finalement tout raconté. Il m'a simplement répondu :

– Laisse-moi jusqu'à la récré de dix heures pour réfléchir.

Je n'ai aucun souvenir des cours qui ont suivi. Je me sentais comme un marin qui navigue par temps de brouillard entre les icebergs.

Fait exceptionnel, Omar a renoncé au match de basket pour se consacrer à ma petite personne.

– Tu as encore la carte ? m'a-t-il demandé.

– Quelle carte ?

– La carte de visite du père de Jorémi.

J'ai fouillé dans ma poche et je l'ai sortie. Je ne l'avais pas encore regardée :

Claude-Jean Boudrau
Imprésario

6, impasse des Capucins
Château-Vieux

– On devrait y faire un saut, m'a proposé Omar.

– Pourquoi ?

– J'sais pas. Une idée comme ça.

Après tout pourquoi pas ? Cela me plaisait d'inverser les rôles. J'avais été filé ces derniers jours, à mon tour d'observer.

– Tu sais où se trouve Château-Vieux ? ai-je questionné.

– Ouais. À une quinzaine de bornes. Demain c'est samedi. J'emprunterai la mob à Saïd et on file là-bas en début d'après-midi.

– Mais tu n'as pas le droit de conduire une mobylette !

– C'est pas un problème. Te bile pas pour ça. J'ai l'habitude.

– Bon d'accord. Rendez-vous demain devant la bibliothèque municipale. Je prendrai les jumelles de mon père.

Je me cramponnais sur le porte-bagages derrière Omar qui pilotait l'engin de main de maître. Nous avons roulé une bonne demi-heure avant d'arriver à Château-Vieux. Cinq minutes supplémentaires pour dénicher l'impasse des Capucins et le numéro 6, une vaste propriété entourée de murs imposants en pierres apparentes. Nous avons stoppé notre deux-roues dans un chemin transversal qui longeait l'enceinte de la maison.

J'ai ôté mon casque :

– Tu as vu la hauteur des murs ?

Omar ne s'est pas démonté et a tendu son doigt vers une allée de peupliers qui dominaient le parc. Nous avons grimpé à un arbre et ce que nous avons découvert nous a laissés sans voix. Un vrai paradis pour milliardaire : un parc boisé magnifique parcouru d'allées de petits cailloux blancs du plus bel effet. Au fond, une énorme bâtisse du XVIIIe siècle, aux larges fenêtres derrière laquelle se découpait le rectangle bleu d'une piscine bâchée.

Devant le perron, stationnait une voiture noire, longue comme le nez d'Oscar Naval.

Omar a émis un sifflement admiratif :

– Purée ! C'est quoi les études pour devenir imprésario ?

– Je ne sais pas. À mon avis, cela ne s'apprend pas dans une école.

Omar ne m'écoutait plus. Ses yeux brillaient :

– Passe-moi vite les jumelles, Trois Pommes.

Il s'en est emparé :

– Pince-moi ! Je rêve ! Regarde, mais regarde !

J'ai ajusté les jumelles à mon tour et je l'ai vu, multicolore et rutilant, derrière la piscine. Un panneau de basket. Le panneau de basket ! Accroché à un pied fixé dans le sol recouvert d'un revêtement plastique, comme dans les gymnases. Sur sa gauche, une étagère métallique où trônaient des ballons.

– Redonne les jumelles !

Je les lui ai tendues. Mais il était si excité qu'elles lui ont échappé des mains. Elles ont rebondi sur les branches du peuplier et ont fini leur course au pied du mur d'enceinte.

Du mauvais côté, évidemment. À l'intérieur du parc.

– Bouge pas, Trois Pommes. Je vais les chercher.

Je n'ai pas eu le temps de l'en dissuader que, ni une ni deux, il se glissait le long du tronc. D'un saut de cabri, il se rétablissait au faîte du muret et se laissait tomber sur la pelouse. Ce que j'avais prévu arriva : Omar était incapable de remonter.

C'est à ce moment que les aboiements ont éclaté. Deux molosses accouraient ventre à terre, fonçant droit sur Omar qui, pétrifié, se tenait raide comme un cierge contre les pierres. J'ai préféré fermer les yeux...

SUIVEZ LE GUIDE !

– Paix !

J'ai rouvert les yeux. En bas, la situation n'était pas brillante. Omar n'avait pas bougé d'un pouce. Face à lui, à peine à un mètre, deux immenses dobermans retroussaient dangereusement les babines. L'homme qui avait crié se tenait en retrait. De taille moyenne, le teint hâlé et les cheveux très noirs, il était vêtu d'un pantalon de velours et d'un pull de laine à col roulé. Il s'est adressé à Omar :

– Qu'est-ce que tu fiches ici ?

Sa voix ne contenait pas une once d'agressivité. Omar n'a pas bronché.

– Je répète ma question : que fais-tu ici ?

Toujours aucune réponse.

– Bon. Comme tu veux. Je téléphone aux gendarmes. Tu t'arrangeras avec eux.

Non pas les gendarmes ! Omar était dans la mélasse jusqu'au cou. Il lui faudrait non seulement expliquer sa présence dans le parc mais aussi se confesser pour la mobylette et là, cela barderait pour lui.

Je ne pouvais pas le laisser tomber :

– C'est à cause de moi, ai-je avoué depuis mon perchoir.

L'homme et les chiens ont levé la tête en même temps. L'homme a marqué une légère surprise en me reconnaissant :

– Tu es Nicolas ? Nicolas Périsset ?

– Oui, monsieur. Mais on ne voulait pas faire de mal, on venait juste pour...

– Descends de cet arbre et rejoins-nous, m'a-t-il interrompu. Prends garde à ne pas tomber.

Je n'avais pas l'agilité d'Omar et j'ai eu plus de mal à regagner la terre ferme. Quand je suis enfin parvenu à leurs côtés, il m'a tendu la main :

– Claude-Jean Boudrau. Je dois reconnaître que je ne m'attendais pas à te rencontrer là.

Je lui ai serré la main et j'ai désigné mon complice :

– Omar. Mon copain.

– Enchanté Omar. Alors comme ça vous avez succombé à la curiosité ? Comment trouvez-vous l'endroit ?

– Génial ! a dit Omar.

– Magnifique ! ai-je affirmé.

– Venez avec moi. Après ces péripéties, je pense qu'un bon chocolat chaud sera le bienvenu. Ensuite, je vous ferai visiter la maison.

Difficile de refuser pareille proposition. Et puis Claude-Jean paraissait plutôt sympa. Nous lui avons emboîté le pas jusqu'à la villa, suivis par les chiens qui remuaient à présent leur queue comme de gentils toutous. Omar a tendu son pouce en l'air pour me signifier qu'il appréciait la situation. Une question me démangeait :

– Est-ce que Jorémi est ici ?

– Tu aurais voulu le rencontrer, n'est-ce pas ? Malheureusement, il ne rentre que lundi. Il est parti prendre l'air au bord de la mer en compagnie de sa maman pour le week-end.

Ouf ! Contrairement à ce qu'il pensait, je ne tenais pas le moins du monde à un face à face.

Après le chocolat promis, nous avons accompli le tour du propriétaire avec les commentaires de Claude-Jean. Vraiment somptueux. Jorémi possédait une chambre de rêve : télévision, stéréo, console de jeux et micro-ordinateur.

Je passe sur les jouets jonchant la moquette. J'étais épaté ! Claude-Jean s'est aperçu de mon trouble et il a sauté sur l'occasion :

– C'est dommage que tu aies refusé mon offre. Je t'aurais installé de façon identique dans la pièce voisine.

– Avec le même P.C. ? ai-je balbutié.

– Le même.

– Avec la télé et tout ? s'est exclamé Omar.

– Tout, a rétorqué Claude-Jean très simplement.

Nous sommes redescendus au rez-de-chaussée.

– Comment êtes-vous venus ? s'est inquiété Claude-Jean.

J'ai baissé la tête, piteux.

– En mobylette, a marmonné Omar. Elle est restée au pied du mur, avec nos casques.

– Mais vous êtes complètement inconscients ! En mobylette à votre âge ? Attendez-moi ici, j'enfile une veste et je vous raccompagne en voiture.

Dès qu'il se fut éloigné, Omar m'a quasiment sauté dessus :

– Si t'acceptes pas de jouer les doublures après ce qu'on vient de voir, c'est que tu es carrément débile, Trois Pommes. C'est tout ce que j'ai à te dire !

Nous avons pris un quatre-quatre stationné au garage. Au grand désespoir d'Omar qui rêvait d'essayer la limousine. Nous y avons enfourné la mobylette et nous sommes repartis. Personne ne parlait. Dans ma tête, les idées s'entrechoquaient. C'est à mi-chemin que je me suis décidé :

– C'est d'accord, Claude-Jean. J'accepte votre offre.

– Magnifique ! a-t-il souri. Et tes parents ?

Je me suis remémoré la conversation de papa et maman, l'autre nuit :

– Ce ne sera pas un problème. Je crois qu'ils seront d'accord aussi.

Omar, qui était à l'avant, s'est retourné et m'a adressé son clin d'œil d'approbation habituel.

DUR ! DUR !

Le mercredi matin suivant, nous nous trouvions autour de la table de la cuisine, papa, maman, Claude-Jean et moi.

– Et pour l'école ? s'est inquiétée maman.

Maman négociait pied à pied : un vrai homme d'affaires ! Papa restait en retrait et ne participait pas à la discussion. Je sentais qu'il n'approuvait pas ma décision mais maman m'avait appuyé et, bon gré mal gré, il s'était incliné.

– Aucun problème de ce côté, madame. Un précepteur vient à la maison pour donner des cours particuliers à Jorémi. C'est un excellent professeur. Nicolas en profitera également.

– Cela me semble très bien, a affirmé maman. Je passerai avertir le directeur que Nicolas ne terminera pas l'année dans l'école.

– Il vaudrait mieux rester discret et ne pas lui révéler pourquoi Nicolas ne vient plus en classe. Je ne tiens pas à ce que cette affaire s'ébruite.

– Je trouverai bien quelque chose à dire sans dévoiler le pot aux roses.

– Quand est-ce que je commence ? ai-je demandé.

– Mais dès aujourd'hui, Nicolas.

J'ai tiqué. Je ne pensais pas débuter si rapidement. J'avais subitement le cœur gros en songeant que je ne verrais plus Omar ni les copains. Ça allait trop vite pour moi. Claude-Jean s'en est aperçu et il a rajouté :

– Tu rentreras chez toi le week-end et tu téléphoneras à tes parents quand tu le voudras. Ils pourront également te rendre visite.

Maman gardait les pieds sur terre :

– Bien. Il ne nous reste qu'à signer le contrat.

– Un contrat ? Mais vous n'y pensez pas, madame Périsset. Cette affaire doit rester officieuse. Je verserai la somme convenue chaque semaine sur un compte bancaire et Nicolas sera libre de rompre son engagement s'il le désire.

Ouf ! Ses dernières paroles me rassuraient. Les bons stratèges prétendent qu'il faut toujours assurer ses arrières.

Maman m'a aidé à préparer mes bagages. J'ai emporté avec moi ma collection d'images N.B.A. La séparation a été difficile et j'ai accompli un effort pour que les larmes qui pointaient le bout de leur nez dans mes yeux restent à l'intérieur. Nous avions descendu quelques marches quand la voix de papa nous a rattrapés, une pointe menaçante :

– Monsieur Boudrau, je vous confie Nicolas. Veillez bien sur lui.

J'aurais aimé qu'il m'accompagne. C'était malheureusement impossible car il avait rendez-vous pour un entretien d'embauche en fin de matinée.

José, le chauffeur particulier, nous attendait en bas de l'immeuble dans la limousine. C'était la première fois que je quittais mes parents mais bizarrement, ce n'est pas cela qui me tracassait le plus. Non, ce que je redoutais vraiment, c'était la rencontre avec Jorémi.

Un quart d'heure de route et nous arrivions à Château-Vieux. Quand j'ai posé le pied sur le perron de la villa, j'ai aperçu une tête blonde derrière une fenêtre à l'étage. Celle de la chambre de Jorémi. Le rideau s'est rabattu et le visage a disparu.

Nous sommes entrés. La mère de Jorémi nous attendait dans le vestibule. Une star de cinéma, un mélange saisissant de Marilyn Monroe et Brigitte Bardot. Maquillée des pieds aux cheveux, elle portait dans ses bras deux

minuscules chatons blancs, ses longs ongles rouges se détachant sur le pelage immaculé des félins. Elle ne parlait pas, elle chantait :

– Çââ âloors ! Mais c'est incroyââââbleument incroyââââbleu !

– Nicolas, je te présente Mathilda, mon épouse.

Un rire artificiel a secoué Mathilda. Un rire désagréable, un peu comme le son produit par le grincement d'une craie sur le tableau. Elle s'est éloignée avec une démarche d'ange. Une apparition, c'était une apparition.

– Je ne sais pas où est Jorémi. Je lui avais pourtant demandé de t'accueillir...

– Je suis là.

J'ai levé les yeux. Il se tenait accoudé à la rampe de la mezzanine qui dominait le hall. Mon portrait craché, juste un peu plus grand peut-être. Nous nous observions comme dans un miroir vivant. Un silence gêné s'est installé. J'ai cru bon de le briser :

– Salut.

Il ne m'a pas répondu. Cela commençait mal. Claude-Jean, visiblement confus, a aussitôt enchaîné :

– Eh bien Jorémi, tu vas t'occuper de Nicolas et lui montrer sa chambre.

– Il n'a qu'à s'installer seul. Je ne suis pas son esclave.

Il a tourné les talons. Je suis resté tout bête. Je ne m'attendais pas à une telle réception.

– Il faut l'excuser, a dit Claude-Jean embarrassé. Il est très fatigué en ce moment. La vie de chanteur vedette est épuisante.

Il m'a guidé jusqu'à mon domaine. Ce qu'il m'avait promis s'y trouvait : la console, l'ordinateur et la télévision. Je déballais mes affaires quand Jorémi est entré sans même frapper.

– Je vais t'en faire baver ! Tu ne peux pas t'imaginer comment je vais t'en faire baver.

Et il est ressorti sans que j'aie eu le temps de placer un mot. Non mais qu'est-ce qu'il croyait ? D'accord, je piétinais ses plates-bandes mais c'était bien son père qui était venu me chercher ! Je n'avais rien demandé moi ! S'il croyait que j'allais me laisser marcher sur les pieds, il se trompait complètement. Je suis sorti dans le couloir bien décidé à lui mettre les points sur les i. Je m'apprêtais à toquer à sa porte quand j'ai entendu de gros sanglots en provenance de sa chambre. Je me suis ravisé, pris d'une espèce de pitié, un peu comme si c'était moi qui pleurais, la tête enfouie dans l'édredon.

APPRENTI ROCKER

Pendant le repas de midi, Jorémi n'a pas décroché un mot. Moi non plus d'ailleurs. Le nez dans mon assiette, j'évitais les regards. L'atmosphère était lourde. Cela promettait. Je me suis donné une semaine : si l'ambiance ne s'améliorait pas d'ici là, je plierais bagage.

Mathilda dégustait une purée verte qui semblait infâme. Encore pire que les épinards qu'on s'obstinait à nous servir régulièrement à la cantine et qui, inexorablement, demeuraient au fond de nos assiettes sans que nous en ayons avalé une bouchée.

– Ce sont des âââlgueu. C'est excellllent pour la santééé. Voudrais-tu en goûter, Nicolaaas ?

J'ai refusé poliment et elle n'a pas insisté. Elle a terminé son cataplasme végétal et s'est levée :

– Je vous laisseu. J'ai rendez-vous ààà quaaatorze heures chez mon esthéticienneu.

Elle a embrassé Jorémi et nous a quittés en volant à travers la pièce.

Après le dessert, Claude-Jean m'a averti :

– Nous n'avons pas de temps à perdre. Tu commences la semaine prochaine.

– Je commence quoi ?

– Les animations dans les grands magasins. Tu as aussi une séance de photos pour un magazine et, le plus délicat, une émission de télévision.

Étrange ! Je comprenais qu'on m'utilise pour les animations dans les grands magasins qui n'étaient pas très glorieuses mais je voyais mal pourquoi on avait besoin de moi pour les photos et surtout pour la télé. Je m'en suis étonné auprès de Claude-Jean qui m'a expliqué :

– Jorémi est surmené en ce moment. Il a besoin de repos. Il restera avec nous cette semaine pour te montrer ce que tu as à faire et ensuite, il partira se détendre avec sa mère.

– Je ne montrerai rien du tout ! a prévenu Jorémi en quittant la table. Vous n'avez qu'à vous débrouiller.

– Jorémi ! Reviens immédiatement ! a crié Claude-Jean.

C'était la première fois que je le voyais en colère et j'avoue qu'il m'a impressionné. Son visage s'était brutalement transformé, laissant paraître une grimace de méchanceté dont je le croyais incapable. Une sorte de métamorphose à la docteur Jekyll et mister Hyde… Jorémi a fait demi-tour, le profil bas. La pitié que j'avais éprouvée à la porte de sa chambre est revenue à la charge et je me suis dépêché d'intervenir :

– Des animations ? Cela consiste en quoi ?

– À chanter, évidemment !

Une boule d'angoisse m'a tordu l'estomac :

– Je chante comme une basse-cour de canards ! Vous pouvez m'interroger sur des tas de points précis en musique, les modes, les gammes... Mais chanter, ce serait une véritable catastrophe !

Claude-Jean a souri :

– Cela n'a aucune importance. On fonctionnera en play-back.

– En play-back ???

– Il te suffit d'apprendre le texte par cœur, de bouger tes lèvres au même moment que les paroles de la chanson et le tour est joué.

– Je ne chanterai donc pas ?

– Non, tu te contenteras d'articuler sur la bande-son.

Je n'en revenais pas. Cela ne me semblait pas très honnête. C'était même carrément de la triche : n'importe quel fausset était capable de s'exhiber sur scène rien qu'en articulant. J'ai failli demander à Claude-Jean si Jorémi agissait aussi de la sorte mais je me suis retenu. Inutile de le froisser davantage, nous n'étions déjà pas en très bons termes.

Nous nous sommes mis au boulot. Au début, c'était facile et il ne m'a pas fallu plus de trois minutes pour savoir parfaitement les paroles imbéciles du *Rock de la maîtresse*.

La suite s'est avérée plus ardue. Sur une estrade, installée dans une vaste salle au sous-sol, je tentais de mimer les gesticulations du parfait rocker de poche. Sans succès. J'éprouvais une sensation de ridicule accentuée par la présence silencieuse de Jorémi qui m'observait d'un œil moqueur, le sourire en coin.

Au bout d'une heure, complètement découragé, j'ai avoué :

– Je n'y arriverai jamais.

– Mais si, mais si, m'a réconforté Claude-Jean. Accordons-nous une pause d'une demi-heure.

Je me suis rué sur le panneau de basket tandis que Jorémi restait avec son père. À mon avis, il passait un sale quart d'heure. Je n'ai pas pu me défouler tout mon saoul car je réfléchissais. Quelque chose clochait entre le père et le fils. D'accord, Jorémi était fatigué mais j'étais convaincu que ce n'était pas la seule explication. Leur différend semblait plus profond. J'avais la vague impression d'avoir fourré mon nez dans un nid de guêpes. Mais la situation s'arrangerait peut-être lorsque Jorémi partirait...

La demi-heure de repos était terminée et j'ai regagné la salle de torture bien décidé à réussir les contorsions que

Claude-Jean me demandait. Jorémi avait déserté les lieux.

L'imprésario y était seul, la mine soucieuse. Quand il m'a aperçu, il s'est ressaisi et il a tenté de me cacher son pessimisme :

– Ah, Nicolas ! Alors tu t'es bien amusé, j'espère ! s'est-il écrié sur un ton enjoué de mauvais comédien.

Sans même me laisser le temps de lui répondre, il a enchaîné :

– Encore une bonne heure de travail et tu seras libre.

Une heure ? Pas facile la vie d'artiste !

COPAIN, COPAIN

Le lendemain, Bernard est arrivé juste après le petit-déjeuner. Bernard, c'est le répétiteur qui nous dispenserait les cours à Jorémi et à moi. Un homme maigrichon d'une quarantaine d'années qui paraissait aussi solide qu'un fil de cristal. Des yeux malins brillaient derrière ses lunettes rondes.

À son arrivée, Jorémi a semblé reprendre vie. Nous nous sommes installés sous la véranda. Bernard n'a pas perdu de temps en présentations et d'entrée, il m'a donné un problème épineux sur les fractions. J'étais censé le résoudre en un quart d'heure. Jorémi, qui avait grosso modo le niveau CE2, travaillait sur des opérations diverses. J'ai jeté un coup d'œil, il avait déjà trouvé le résultat de deux multiplications mais il y en avait une fausse. J'ai profité de ce que Bernard s'était éloigné dans la pièce voisine pour lui glisser :

– Ton addition. Tu as oublié la retenue.

Il a vérifié, a rectifié son erreur et, au lieu de me remercier, il a grogné :

– Occupe-toi de tes oignons. Tu ferais mieux de trouver la solution de ton problème au lieu de loucher sur ma feuille. Surdoué, tu parles ! Tu m'as l'air aussi nul pour les maths que pour la danse.

C'était trop. Je n'ai pas réfléchi et je lui ai lancé ma gomme au beau milieu du front. Il s'est rué sur moi et m'a saisi par le col. Bernard a surgi, attiré par le bruit :

– Cela suffit ! Que s'est-il passé ?

– Il m'a jeté sa gomme dans la figure ! Regardez, je suis sûr que j'ai une marque !

– C'est parce qu'il m'a traité de nul ! me suis-je défendu.

– Stop ! On arrête tout et on remet les compteurs à zéro, s'est interposé Bernard. Jorémi, tu viens avec moi dehors. Je veux te parler. Toi, Nicolas, tu effectues le travail que je t'ai donné. Il ne te reste plus que dix minutes.

Ils sont sortis sur la terrasse. Je les apercevais à travers les baies vitrées mais je n'entendais pas leur conversation. J'ai relu mon énoncé :

Un caravanier avait trois fils et un troupeau de 17 chameaux. Quand il mourut, ses fils prirent connaissance de ses dernières volontés. «Je veux que mon troupeau soit partagé de la façon suivante : l'aîné en aura la moitié, le deuxième le tiers, et le dernier le neuvième. »

Le dernier des fils dit à ses frères que c'était impossible car on ne peut diviser 17 par 2, 3 ou 9. Ils décidèrent de se rendre auprès du chef de la tribu qui était réputé pour sa grande sagesse. Celui-ci les écouta et leur dit :

– C'est simple, voici ce que vous allez faire...

Que leur a-t-il proposé ?

Ce n'était pas aussi facile que le chef le laissait entendre et il m'a fallu un moment pour trouver la solution. Il me restait deux minutes pour l'écrire : je n'aurais jamais le temps.

J'avais à peine terminé ma première phrase quand Bernard et Jorémi sont revenus. Bernard a regardé ma feuille et a grimacé :

Voila ceux que dis le chef au trois frère

– C'est tout ce que tu as trouvé ? s'est-il inquiété. Sans parler des fautes...

– Je n'ai pas eu le temps d'écrire mais je connais la solution ! me suis-je disculpé.

– Je t'écoute.

Je lui ai dévoilé la clé de l'énigme[1]. Il m'a écouté et m'a félicité :

– Bravo, Nicolas ! Je constate avec plaisir qu'on ne m'a pas menti à ton sujet. Je t'ai soumis cette devinette afin de vérifier ton niveau et je ne suis pas déçu. Cependant je crois que nous aurons du travail en orthographe au cours de nos prochaines séances.

J'ai baissé la tête, un peu honteux, mais il s'est empressé d'ajouter :

– Ne t'inquiète pas. Ces lacunes se

1. Le chef a dit aux trois frères :
– Je vous prête un chameau, cela fera donc 18. L'aîné en aura 9 (la moitié), le deuxième 6 (le tiers), et le dernier 2 (le neuvième).
9 + 6 + 2 = 17. Il en reste un, c'est le mien. Rendez-le-moi !

rattraperont facilement. À propos, Jorémi veut te parler.

Jorémi m'a tendu la main :

– Excuse-moi. Je me suis mal comporté avec toi. Si on signait la paix ?

J'ai regardé la main tendue :

– D'accord.

Je l'ai serrée non sans m'étonner de ce brusque changement de comportement. Si Bernard en était la cause, je lui tirais mon chapeau. Il avait réussi là où Claude-Jean avait échoué. Enfin, comme dit le proverbe, « Qui vivra verra ».

Pendant les répétitions de l'après-midi, Jorémi m'a aidé, au grand étonnement de Claude-Jean. Il m'a montré les mouvements à accomplir sur la musique. Je comprenais mieux mais malheureusement, je n'y arrivais pas davantage. Il m'encourageait de la voix et du geste :

– Non. Déhanche-toi plus. Ne te raidis pas. Laisse-toi guider par le rythme de la batterie.

Pendant la pause, il m'a même accompagné sur le terrain de basket. À deux, on s'amuse mieux.

Le soir, après le repas, il m'a rejoint

dans ma chambre alors que je télépho-nais à mes parents. Maman était ravie de savoir que mes rapports avec lui s'étaient améliorés.

Il m'a expliqué le fonctionnement de l'ordinateur. Il s'y connaissait question informatique :

– Processeur Pentium 166. Disque dur de deux gigas. 16 M.O. de R.A.M...

Je l'observais comme s'il parlait une langue étrangère alors il m'a traduit avec des mots de tous les jours.

– Qui t'a appris l'informatique ? lui ai-je demandé.

– C'est Bernard. Si tu veux, demain je lui demanderai si on peut travailler avec les ordinateurs.

– Ouais, super ! Il a l'air sympa Bernard.

– Très sympa, a-t-il rectifié en riant.

Comme je le sentais détendu, je me suis hasardé :

– Pourquoi tu ne t'entends pas bien avec ton père ?

– Claude-Jean ?

– Oui.

Il a eu un instant d'hésitation et un voile triste est passé dans son regard. Je l'ai senti sur le point de partir dans de longues explications. Mais, au dernier instant, il a semblé se raviser, se contentant de m'avouer, l'air mauvais :

– Ce n'est pas mon père. C'est le second mari de ma mère. Alors laisse tomber !

Et il m'a planté là. Je me suis traité de tous les noms. Je n'étais qu'un imbécile.

AU REVOIR JORÉMI

– Allô, Trois Pommes, alors finalement, ça gaze ?

– Oui. J'avais un peu peur que Jorémi m'en veuille à cause de mes questions indiscrètes mais tout est arrangé.

– Et côté répétition ?

– Claude-Jean prétend que je ne suis pas encore au point. Je devais rentrer à la maison ce week-end mais je resterai ici pour travailler les derniers détails.

– Tes parents te manquent ?

– Un peu, oui. Le pire c'est qu'ils ne pourront même pas me rendre visite. Claude-Jean assure qu'on n'a plus assez de temps.

– Tu commences quand ?

– Lundi à 18 heures. À l'hypermarché de Resny. Tu connais ?

– Ouais. J'essaierai de venir.

– Ça va pas ! Je serai trop ridicule !

– Il paraît que ça ne tue pas. Et puis c'est pas tous les jours que votre meilleur copain joue les stars. Je voudrais pas louper ça. Et Jorémi ?

– Il s'en va dans une heure. Avec sa mère.

– La dévoreuse d'algues ?

J'ai ri. Omar n'a pas son pareil pour me remonter le moral, même au téléphone.

– Bon allez salut, Omar. J'aimerais voir Jorémi avant son départ. J'ai une disquette à lui rendre.

– Salut, Trois Pommes. Peut-être à lundi.

La semaine s'était écoulée sans que je m'en rende compte. Mes relations avec Jorémi étaient au beau fixe. Je n'avais plus tenté de lui tirer les vers du nez. C'est Bernard qui était à l'origine de nos bons rapports. Il est très sympa et je l'adore. Surtout depuis qu'il nous dispense ses cours sur ordinateur. Ces petites bêtes là sont merveilleuses, elles vous signalent les fautes d'orthographe et, luxe suprême, les corrigent parfois.

Je me suis dirigé vers la chambre de Jorémi. Il n'y était pas. J'ai parcouru la maison en tous sens et j'ai déniché Mathilda dans la véranda. Je ne l'ai pas reconnue au premier abord car elle s'était entièrement recouvert le visage de rondelles de concombre.

– Le juuus de ce cuuucuuuurbitaaacéeu est excellllent pour la pôôô. Jôôôréémii ? Il est dans le paaarc. Avec Clôôôdeu-Jean.

Je suis sorti. Le parc, sous le soleil radieux, était splendide. Sheila et Ringo

– les deux chiens – sont venus à ma rencontre, frétillant de la queue. Je leur ai lancé un bâton. Au moment où Sheila me le rapportait, j'ai entendu des éclats de voix derrière la haie de thuyas qui cachait la piscine. Claude-Jean et Jorémi se disputaient ferme. Je n'ai saisi que la fin de leur démêlé :

– Tout ce qui t'intéresse c'est l'argent. Moi, tu t'en fiches !

– C'est grâce à moi que vous vivez dans un tel luxe, ta mère et toi !

– Ah oui ? Je crois plutôt que c'est grâce au *Rock de la maîtresse* !

– Sans moi, tu ne serais rien...

– Et alors ?

– De toute façon, Mathilda est d'accord. Il n'y a pas à discuter !

Jorémi s'est enfui en courant, aussitôt poursuivi par Sheila et Ringo. Je me suis dissimulé entre deux thuyas afin que Claude-Jean ne s'aperçoive pas de ma présence. Il est passé devant moi sans me voir, la tête dans les épaules. Son allure en disait long sur son énervement.

J'ai patienté un peu avant de regagner la villa. La dispute à laquelle je venais d'assister malgré moi confirmait mes doutes quant aux relations de Jorémi et de son beau-père. Ce n'était pas une simple discorde. Quelque chose de plus profond se dessinait. J'en avais à présent la certitude. Mais quoi ? Ils avaient parlé d'argent, du *Rock de la maîtresse*... J'ignorais pour qui prendre parti : d'un côté Jorémi était devenu mon copain, de l'autre j'avais appris à mes dépens qu'il était capable de se comporter comme une vraie peste. Cela pouvait justifier l'attitude de l'imprésario.

J'ai regagné la maison vaguement soucieux. La limousine était prête. Mathilda était déjà à l'intérieur en discussion avec Claude-Jean. Jorémi m'attendait sur le perron.

– Où étais-tu ? m'a-t-il demandé.

– Oh, je me baladais dans le parc.

Un silence embarrassant s'est installé entre nous. J'aurais voulu lui parler mais je ne trouvais pas les mots. Je lui ai tendu la disquette.

– Dépêche-toi Jorémi ! a appelé Claude-Jean depuis la voiture.

– Bon, ben… Salut, Nicolas.

J'ai serré sa main :

– Salut. À bientôt.

Il s'est éloigné de quelques pas puis est revenu vers moi. Il se dandinait d'un pied sur l'autre :

– Je voulais te dire…

Il s'est interrompu. J'étais sûr qu'il allait enfin se confier. Claude-Jean s'est approché :

– Jorémi !

– J'arrive !

Il est parti vers la voiture, s'y est engouffré. Je l'ai regardée s'éloigner jusqu'au bout de l'allée. Claude-Jean, qui avait retrouvé sa bonne humeur, m'a tiré de mes pensées :

– Allez, Nicolas ! Au boulot ! J'ai une surprise pour toi !

La surprise en question n'était autre que la panoplie blanche à franges avec laquelle le jeune rocker se produisait. Je l'ai revêtue, mal à l'aise, avec l'impression désagréable de me glisser à l'intérieur de Jorémi. Ce fichu déguisement ne m'a pas aidé. Au contraire, la répétition n'a pas été bonne. Franchement mauvaise même.

– Ce n'est rien, m'a affirmé Claude-Jean. Nous avons encore deux jours. Tu vas y arriver, Nicolas. Il faut que tu y arrives.

DRÔLES DE DÉBUTS

« Mort de trouille » comme aurait dit Omar. J'étais mort de trouille. Je me tenais derrière le rideau, prêt à entrer sur scène. De longs frissons parcouraient ma colonne vertébrale et mon ventre se tordait en tous sens. Une furieuse envie de m'enfuir me titillait les méninges et je crois que je serais parti en courant si Claude-Jean n'avait été derrière moi.

J'étais si paniqué que je ne me souvenais plus de la moindre phrase de ce fichu *Rock de la maîtresse*.

Une voix cauchemardesque a annoncé :

– Et maintenant, celui que vous attendez tous ! JO – RÉ – MI !

Claude-Jean m'a poussé légèrement dans le dos. Je n'avais pas franchi le rideau qu'une salve d'applaudissements et des cris stridents envahissaient l'hypermarché. Les premières notes de la bande-son ont résonné dans les haut-parleurs et, comme par magie, le texte de la chanson m'est revenu en mémoire. Sans réfléchir davantage, je me suis dandiné à la manière d'un pantin désarticulé en bougeant mes lèvres.

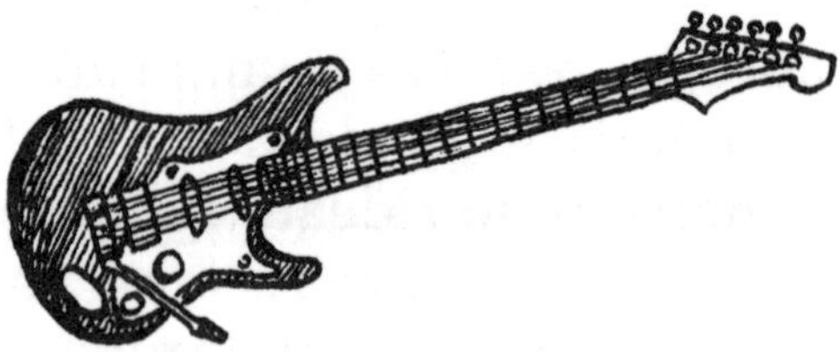

Pendant que je chantais, ou plutôt que je faisais mine de chanter, je détaillais les spectateurs. C'était difficile à cause des projecteurs qui m'éblouissaient. Le public était varié : des ménagères d'âges divers qui trônaient à côté de leur caddie débordant de marchandises, des enfants qui fredonnaient les paroles en même temps que moi, des caissières qui avaient déserté leur poste, quelques retraités attirés par l'animation. Je ne voyais pas Omar. Il avait sûrement connu un problème de mobylette.

Au beau milieu du troisième couplet, un couac indescriptible s'est produit. La musique s'est tue et les spots se sont éteints. Je suis resté planté une poignée de secondes sur scène ne sachant pas quel comportement adopter. Finalement je me suis réfugié à la vitesse de la lumière derrière mon rideau protecteur. La foule, après une clameur de mécontentement, scandait :

– Jorémi ! Jorémi ! Jorémi !

Claude-Jean m'a félicité :

– Bravo, Nicolas, belle prestation.

– Que s'est-il passé ?

– Une simple coupure de courant. Rien de grave. Dès que l'électricité revient, tu y retournes et tu reprends.

– Depuis le début ?

– Évidemment !

Oh non ! Un coup pour rien.

Le directeur du magasin est arrivé, l'air consterné. Il s'est adressé à Claude-Jean :

– Le générateur électrique est fichu. Nous avons un groupe électrogène mais il ne fournira pas assez de puissance. Je suis désolé. Veuillez accepter mes excuses. Mais cela ne change rien à notre contrat, vous serez payé comme promis.

J'ai poussé un ouf de soulagement et j'ai regagné le camping-car qui servait à nos déplacements. Pratique pour se changer et se maquiller. José, le chauffeur, m'y attendait.

– Tu étais très bien, m'a-t-il assuré en souriant.

– Merci. Mais mon numéro n'a pas duré très longtemps.

– Ce n'est que partie remise. Puis-je recueillir vos premières impressions, monsieur Nicolas ? a-t-il encore plaisanté en imitant l'attitude d'un journaliste présentant le vingt heures.

Nous sommes rentrés à Château-Vieux sans Claude-Jean qui était resté avec le directeur de l'hypermarché afin de régler certains détails. Cette moitié de prestation m'avait exténué et je suis monté directement dans ma chambre. Je me suis effondré sur mon lit et j'ai sombré dans le sommeil sans demander mon reste.

J'ai été réveillé par des bips sonores en plein cœur de la nuit. J'ai ouvert les yeux. Une lueur en provenance de l'écran de l'ordinateur éclairait la chambre. Je me suis levé dans un demi-sommeil afin de l'éteindre. À ma grande surprise, un message s'affichait sur le moniteur :

Cette menace m'a complètement tiré de ma torpeur. Paniqué, je me suis rué vers la chambre de Claude-Jean et j'ai tambouriné à sa porte des deux poings. Il s'est levé et a ouvert :

– Nicolas ? Mais…

– Venez vite !

Je l'ai tiré par la manche de son pyjama jusqu'à l'ordinateur. Il était éteint. Le message avait disparu.

– Vas-tu enfin me dire ce qui se passe ? a demandé Claude-Jean.

Je lui ai raconté ma mésaventure. Il a joué les incrédules puis a finalement conclu :

– Un simple cauchemar, Nicolas. C'était un simple cauchemar. Tu es nerveux à cause du trac que tu as éprouvé cet après-midi. Tu n'as pas encore l'habitude. Cela passera, tu verras. D'ailleurs un ordinateur ne s'allume pas seul !

Un cauchemar ? Ben voyons ! Il me prenait pour un fou ? J'étais certain de ne pas avoir rêvé. Je n'ai pas réussi à me rendormir, complètement obnubilé par la menace :

« Attention Jorémi ce n'était qu'un avertissement ! »

Mon inquiétude grandissait au fil des heures. C'est long une nuit sans dormir :

« Cesse de chanter ou alors… »

Ces trois points de suspension me laissaient craindre le pire. Je me tour-

ATTENTION
OU ALORS...

nais et retournais dans mon lit, ressassant mes pensées noires. Si au moins papa était à mes côtés. Je lui téléphonerais dès que possible, aux premières lueurs de l'aube. Oui, mais qu'est-ce que je pourrais lui dire ? Il prétendrait sûrement lui aussi que ce n'était qu'un cauchemar. Omar ? Oui. Il fallait que je le contacte.

J'ai attendu 7 heures impatiemment, regardant les minutes s'égrener sur le cadran de ma montre. J'ai composé le numéro sur le portable que Claude-Jean avait laissé à ma disposition :

– Trois Pommes ? J'essaie de te joindre depuis hier soir. Tu as des problèmes avec ton…

– Pourquoi essaies-tu de me joindre ?

– Il y a du louche. La coupure d'électricité…

– Tu étais là ?

– Ouais. Avec Saïd. Tu nous as vus ?

– Non.

– C'est pas la question. Je te disais donc que la coupure d'électricité d'hier n'avait rien d'un accident.

– Comment le sais-tu ?

– On avait garé notre mob près du

générateur du magasin. Quand on est venus la récupérer, j'ai entendu un homme de l'entretien raconter à son collègue qu'il s'agissait d'un sabotage.

– Un sabotage ?

– J'en sais pas plus…

Je lui ai dévoilé la menace de cette nuit. Il n'en revenait pas.

– Et aujourd'hui, tu chantes où ?

– Au Super Casino de Méreuil, à 18 heures.

– On y sera avec la bande. On va le coincer ce saboteur qui t'ennuie, Trois Pommes.

– Ce n'est pas moi qui suis visé, Omar. C'est Jorémi.

– Pour moi c'est kif-kif puisque tu occupes sa place. À ton avis, pourquoi on lui en veut ?

– Aucune idée. J'ai bien senti que l'atmosphère n'était pas terrible ces derniers jours mais de là à imaginer...

– Fais turbiner ta matière grise, Trois Pommes. C'est ta spécialité, non ?

Facile à dire ! C'était beaucoup plus difficile à résoudre qu'un problème de maths. J'ai passé en revue les personnes qui touchaient Jorémi de près ou de loin. Claude-Jean n'avait aucun intérêt à saboter sa carrière. J'imaginais mal Mathilda à l'origine de ce traquenard.

Le vrai père de Jorémi ? Nous n'en avions jamais parlé. José, le chauffeur ? Bernard ? Non, impossible. Un malfrat quelconque qui tentait d'escroquer de l'argent ? Une plaisanterie de mauvais goût ?

J'étais plongé dans ces réflexions quand Claude-Jean est entré dans ma chambre :

– Alors, Nicolas ? Tu t'es remis de ton mauvais rêve ?

Je n'ai pas répondu, une question me brûlait les lèvres. Je la lui ai posée innocemment :

– La coupure d'hier soir, ce n'était peut-être pas un accident ?

Une lueur d'énervement a terni son regard.

– Et que veux-tu que ce soit ? Tu es en pleine science-fiction, Nicolas ! Soyons sérieux !

De deux choses l'une : ou il n'était pas au courant du sabotage, ou alors il savait et tentait de me dissimuler la vérité en me jouant la comédie. J'hésitais. J'ai pris brusquement une décision. Je l'ai averti :

– S'il y a le moindre problème ce soir, je rends ma panoplie de rocker.

– Il ne se passera rien. J'en suis certain.

Je n'en étais pas persuadé. Je n'ai pas prévenu mes parents, je leur en voulais un peu de m'avoir laissé partir si facilement. Et puis Omar m'avait promis de veiller au grain. Avec la bande de Saïd, j'étais en de bonnes mains.

Bernard s'est aperçu de ma mine soucieuse au premier coup d'œil.

– Tu ne te sens pas bien, Nicolas ?

– Si, si. Ça va.

– Alors, comment s'est déroulé ton baptême de la scène ?

J'ai ouvert la bouche pour lui répondre mais il m'a coupé net :

– Ne parle pas ! Tu vas m'écrire cela sur une feuille. C'est un excellent sujet de rédaction. Et n'oublie surtout pas de me donner tes impressions.

Mes impressions ? Ce n'était pas très clair dans ma tête : d'un côté je me sentais ridicule à singer Jorémi dans sa blanche panoplie, de l'autre les applaudissements du public me fascinaient autant qu'ils me grisaient. J'avais écrit une dizaine de lignes quand une idée m'est passée par la tête. Il fallait que j'en aie le cœur net :

– Un ordinateur peut-il s'allumer seul ou à distance ?

Bernard a paru songeur un instant :

– Cela dépend de l'ordinateur.

– Celui de ma chambre.

– Non. Il n'est relié à aucun réseau. Mais pourquoi me poses-tu cette question ?

– Pour rien. Juste pour savoir.

Il m'a observé en fronçant les sourcils :

– Pour rien, tu en es sûr ?

J'ai évité la question en replongeant dans mon travail et il n'a pas insisté. Le champ de mes investigations se rétrécissait. Si le P. C. ne s'allumait pas à distance, seul quelqu'un se trouvant dans la maison cette nuit avait pu le faire. Or nous n'étions que trois. Claude-Jean, José et moi...

MAUVAISE SURPRISE

Le public hurlait, applaudissait et scandait :

– Jorémi ! Jorémi ! Jorémi !

– Il faut que tu y retournes ! m'a ordonné Claude-Jean. Pour le salut final !

Bon gré mal gré, je suis revenu sur scène. Les spectateurs ont redoublé d'ardeur. Quelle sensation étrange que ces ovations ! Il me semblait que ma prestation ne méritait pas de tels déchaînements. J'avais été franchement mauvais. Impossible de se concentrer lorsqu'on se sent menacé de toutes parts. J'avais tremblé jusqu'au bout mais il ne s'était rien passé de particulier.

Après une dernière révérence, j'étais sorti, indemne. Claude-Jean n'était plus derrière le rideau. Comme la veille, il discutait sûrement gros sous avec le responsable. J'ai regagné le camping-car. Finalement, le message sur l'ordinateur n'était peut-être qu'un cauchemar et le sabotage du générateur, une coïncidence ?

J'ai vite changé d'avis car, en entrant, j'ai découvert un tableau que je ne suis pas prêt d'oublier. Omar, Saïd et deux de ses acolytes se tenaient debout autour du fauteuil faisant face au miroir. José se trouvait sur le siège, ficelé comme un saucisson et bâillonné avec mon tee-shirt des Chicago Bulls.

– On l'a attrapé au moment où il allait couper les fils du magnéto avec ça ! m'a expliqué Omar, brandissant fièrement une pince coupante.

– Il faut avertir Claude-Jean, ai-je décidé sur-le-champ.

– Attends, Trois Pommes, m'a demandé Saïd. On devrait le cuisiner un peu.

– Le cuisiner ?

– Le faire causer, si tu préfères.

Pourquoi pas ? Je lui ai retiré le bâillon improvisé :

– Alors, José, si vous nous racontiez...

– Je n'ai rien à dire, a-t-il affirmé, la mâchoire encore ankylosée.

– C'est ce qu'on va voir ! s'est exclamé Saïd. Quand j'en aurai fini avec ta bobine de traître, même ta mère ne te...

Il n'a pas terminé sa phrase. La porte s'est ouverte brusquement et Bernard a fait irruption dans le camping-car. C'était la dernière personne que je m'attendais à rencontrer mais il tombait plutôt bien. Il serait sûrement de bon conseil.

– Qui c'est ce type ? a questionné Saïd en avançant vers lui, menaçant.

Je l'ai calmé d'un geste de la main.

– Bernard. Vous arrivez au bon moment, il faut que je vous expli...

– Je dois te parler, Nicolas, m'a-t-il arrêté d'un ton grave.

– Me parler ? Maintenant ? Mais de quoi ?

Il ne m'a pas répondu tout de suite, se contentant d'observer le bout de ses chaussures. Alors j'ai compris. La vérité m'a dégringolé dessus, cinglante comme une averse de grêle : il n'était pas ici par hasard. Il était mêlé à cette histoire sordide.

– Ne me dites pas que vous êtes avec ce saboteur ?

– Si. C'est moi qui suis l'instigateur de cette affaire.

Une citation dont j'ai oublié l'auteur a défilé dans mes pensées en lettres capitales : « ON N'EST JAMAIS TRAHI QUE PAR LES SIENS. »

– Non. Pas vous ! Et dire que Jorémi vous fait confiance. Vous l'avez trompé ! Et moi aussi par la même occasion.

– Ne juge pas trop vite. J'ai mis ce plan sur pied pour aider Jorémi, pas pour lui nuire.

– Pour Jorémi ??? Je ne comprends plus. Expliquez-moi !

Alors il a raconté depuis le début :

– Quand j'ai rencontré Jorémi pour la première fois, c'était un garçon charmant, d'un naturel gai, doué pour la vie. Le succès du *Rock de la maîtresse* le ravissait. Et puis il s'est refermé sur lui-même, a perdu son sourire et son entrain. Il m'inquiétait. Lorsqu'il s'est enfin décidé à me parler, il m'a confié qu'il ne voulait plus chanter, qu'il n'avait qu'un seul désir : redevenir le petit garçon qu'il était auparavant. S'il avait apprécié la situation de vedette dans un premier temps, à présent il la rejetait de toutes ses forces.

Il était persuadé de n'être plus qu'une marionnette entre les mains de Claude-Jean. Il a bien tenté d'en parler à sa mère. Mais il y avait trop d'argent en jeu. Mathilda a cédé sous les arguments de Claude-Jean.

– Mais Claude-Jean ne manque pas d'argent ! me suis-je étonné. Il suffit d'observer sa maison et sa façon de vivre pour s'en apercevoir.

– Ce n'est qu'une apparence, Nicolas. En réalité la villa ne lui appartient pas. Il la loue. De plus Claude-Jean possède sa propre maison de disques et pour lancer Jorémi, il a dû beaucoup emprunter. Il n'est pas encore rentré dans ses frais. Jorémi a du talent mais comment penses-tu qu'il soit devenu célèbre aussi rapidement si ce n'est à grands coups de promotion ? Et la promotion se paye. Cher.

Je me suis remémoré la dispute entre Claude-Jean et Jorémi derrière les thuyas :

« Ce qui t'intéresse c'est l'argent. Moi, tu t'en fiches ! »

– Lorsque Claude-Jean a refusé qu'il cesse de chanter, Jorémi était désespéré. Je l'ai senti sur le point de commettre une grosse bêtise, une fugue ou pire encore. Alors j'ai décidé de l'aider et j'ai mis au point un scénario : organiser des sabotages. Mon objectif était simple, il s'agissait de persuader l'imprésario que la vie de Jorémi était en danger. Claude-Jean était justement à la recherche d'un chauffeur et je lui ai suggéré d'engager José. Nous avons organisé plusieurs « accidents ». Mon plan a fonctionné à merveille car Claude-Jean a paniqué et il a annulé plusieurs tournées en province.

– Et Jorémi, il était au courant ?

– Évidemment. Il me faisait confiance. Mais tu es arrivé tel un chien dans un jeu de quilles. Claude-Jean a reçu ta photo. Une aubaine pour lui. Un remplaçant de Jorémi lui tombait du ciel !

– Vous voulez dire que Claude-Jean m'a engagé pour que je coure les risques à la place de Jorémi ?

– Tout à fait.

Une colère sourde s'est emparée de moi et je n'ai pu m'empêcher de lâcher :

– La vache !!!

– Il ne nous restait alors qu'une solution : continuer les sabotages afin que tu prennes peur et que tu abandonnes. Hier, José a détruit le générateur. Cette nuit, il s'est introduit dans ta chambre.

Il a tapé le message sur l'ordinateur et l'a effacé lorsque tu es allé chercher du secours auprès de Claude-Jean. Ce soir il devait couper...

– Vous étiez présent à chaque fois ?

– Oui, j'ai assisté aussi à l'animation d'hier soir. Je voulais connaître tes réactions.

– Vous avez failli réussir, ai-je avoué. Vous m'avez utilisé. Vous êtes aussi dégoûtant que Claude-Jean. Si vous m'aviez parlé dès le début, je vous aurais aidé.

– Désolé, Nicolas. Je ne l'ai pas fait de gaieté de cœur. Nous ne te connaissions pas. Impossible de risquer aussi gros ! Comment savoir si tu ne serais pas allé tout rapporter à Claude-Jean ?

Claude-Jean ! Il m'avait bien manipulé celui-là ! Quel comédien !

– Et maintenant ? ai-je questionné. Quel est votre plan ?

– Aucune idée. Je dois réfléchir calmement.

– Pas la peine. Je connais la solution, ai-je déclaré solennellement. J'ai une revanche à prendre sur cet imprésario de malheur et si je peux aider Jorémi par la même occasion, je ne vais pas m'en priver. Mais il faut faire vite, il ne nous reste que deux jours.

Alors, je leur ai expliqué mes intentions...

TOURNEZ CHANSONS

J'attends impatiemment en coulisse en compagnie de Claude-Jean. Je ne dois apparaître qu'au milieu de l'émission. Henri Dicule, le présentateur vedette, m'a donné les dernières recommandations quelques minutes avant le générique.

– Tu connais bien les réponses aux

questions que je vais te poser ? Bon. S'il arrive quoi que ce soit surtout tu ne paniques pas, tu restes calme. Je t'indiquerai ce qu'il faut faire.

Les maquilleuses passent à l'attaque. Elles me tartinent de produits en tous genres pendant un bon quart d'heure : couche de fond de teint, nuage de poudre, laque sur les cheveux. Une véritable torture.

La voix de Henri Dicule retentit dans les haut-parleurs :

– Et maintenant, mesdames, mesdemoiselles, messieurs, celui que nous attendons avec enthousiasme ! La coqueluche des petits et des grands ! C'est un véritable bonheur pour moi que d'accueillir dans mon émission *Tournez chansons* celui dont le talent est inversement proportionnel à la taille : Jorémi !

Je descends en courant l'escalier d'argent qui mène au plateau et, comme convenu, je m'installe aux côtés de Henri Dicule. De ma place, je vois parfaitement l'écran clignotant qui se dresse devant les spectateurs et sur lequel on lit : « APPLAUDISSEZ ».

Le public a assez manifesté sa joie, l'écran intime à présent : « SILENCE ».

Henri Dicule me pose la première question prévue :

– Alors, Jorémi, quelles sensations te procure ta nouvelle vie de star ?

Souriant innocemment, je réponds :

– La mer est belle.

Dicule a un rire de bêlement de chèvre :

– Quel sens de la repartie ! Et quels sont tes projets ? insiste-t-il vainement.

– J'ai envie de faire pipi !

Rires dans le public. Un masque d'inquiétude ternit le teint bronzé du présentateur. Le champion du show télévisé ne s'attendait pas à ce que j'adopte une telle attitude. Il tente une sortie pour se débarrasser du sale gosse qui fiche en l'air son émission :

– Jorémi va nous chanter *Le Rock de la maîtresse* ! JO – RÉ – MI !!!

Je me saisis du micro qu'il me tend et je m'avance au bord de la scène.

– Non, je ne vais pas chanter. Je ne sais pas. Par contre, j'adore danser et j'aimerais bien jouer de la musique avec mes copains.

Un murmure d'étonnement parcourt la salle. Je poursuis :

– Je ne suis pas Jorémi. Je m'appelle Nicolas. Nicolas Périsset. Mais Jorémi est ici et il va me rejoindre.

Remue-ménage dans les rangées du fond. Jorémi se lève et, encadré par Saïd et Omar, remonte l'allée centrale dans un silence de cathédrale. Les caméras se tournent vers eux. Ils montent et me rejoignent. La bande-son démarre. Jorémi s'empare du micro et entame le premier couplet. Sur scène, c'est du délire : je me trémousse comme jamais je n'aurais pensé en être capable, Omar et Saïd se lancent dans un rap endiablé. Le public exulte, criant, sifflant, chantant au rythme de la musique.

Le morceau à peine terminé, Dicule, qui a flairé le scoop de l'année, arrive au triple galop. Un moment troublé par ma ressemblance avec le vrai Jorémi, il se ressaisit vite :

– Et en exclusivité dans *Tournez chansons*, Nicolas et Jorémi vont tout vous révéler !

Il les obtient ses révélations. En long, en large et en travers. Il rayonne : il va battre le record de l'audimat, Dicule. Immortaliser son image.

L'écran clignotant s'escrime à afficher « SILENCE» mais rien ne peut calmer le brouhaha qui a envahi la foule.

Papa et maman sont là, je les aperçois dans la cohue. Bernard aussi, quelques fauteuils plus loin. Nous laissons Dicule aux prises avec la mêlée. Suivis par nos gardes du corps personnels, nous nous esquivons sur la pointe des pieds.

Nous n'avons pas franchi la porte des coulisses que nous tombons nez à nez avec Claude-Jean, excité comme une armée de puces :

– C'était superbe, les gars ! Je vous

engage tous les quatre. Quelques semaines de travail et nous explosons au Top 50 ! J'apporte les contrats demain.

Saïd s'approche de lui et l'attrape par le col de son veston :

– Tu manques pas d'air, toi ! Alors t'as encore rien compris. Peut-être qu'il faut te faire rentrer les idées à grands coups de poing sur le crâne ?

– Plus personne ici ne chantera pour toi, continue Jorémi.

– On s'en fiche de vos contrats, affirme Omar.

L'imprésario insiste encore :

– Je vous propose le succès, la gloire. On ne va pas se fâcher pour des peccadilles ? Il faut oublier le passé. Songer à l'avenir. Votre groupe s'appellera *Jorémi et les Boys*. Je vois déjà ce nom sur les affiches, je...

Il s'interrompt. Nous restons silencieux mais il devine à notre attitude déterminée qu'il a perdu. Il plante un regard d'incompréhension dans les yeux de Jorémi qui ne baisse pas la tête :

– Si tu m'avais écouté, rien de cela ne serait arrivé.

L'imprésario s'adresse à moi à présent :

– Tu m'as bien possédé, toi !

Et il tourne les talons, vaincu.

Nous nous tapons dans les mains.

– Je te dois une fière chandelle, Nicolas !

– Bah ! Ce n'est rien. Et puis on s'est amusés, non ?

– À l'aise Blaise ! affirme Omar. Et en plus on a été filmés à la téloche ! Qu'est-ce que tu vas faire maintenant, Jorémi ?

– Rien d'original : redevenir un garçon comme les autres, tout simplement.

Un dernier point me titille :

– Sais-tu qui a envoyé ma photo à Claude-Jean ?

Il hausse les épaules en signe de totale ignorance. Finalement, cela n'a plus aucune importance.

TOUT EST BIEN...

– Monsieur Michelet va vous recevoir.

Maman m'accompagne. Elle est impeccable dans un tailleur gris qu'elle réajuste avant d'entrer dans le bureau du directeur de l'institut Albert Einstein, une école pour surdoués. Nous sommes assis sur un canapé de velours rouge et, rêveur, je me remémore ces derniers mois.

Moi qui pensais en avoir terminé après l'émission de télévision, je me trompais complètement. *Tournez chansons* a créé une vague d'indignation incroyable. Jorémi et moi, nous étions au sommet de cette vague et la télévision, les radios et les journaux de tous styles se sont rués sur nous comme des vautours affamés. Je ne compte pas le nombre d'interviews qu'il nous a fallu donner. Pendant quelques temps, nous avons fait le bonheur des médias qui surenchérissaient pour arracher nos commentaires. Bizarrement, les ventes du *Rock de la maîtresse* ont été multipliées par dix et Claude-Jean, qui se refusait à toute déclaration, se frottait les mains, engrangeant les bénéfices. Lui qui croyait avoir perdu se retrouvait finalement vainqueur. Il n'y a pas de moralité ! Enfin l'essentiel était préservé : Jorémi avait gagné son droit à vivre comme il l'avait choisi. Lors de son dernier coup de fil, il m'a informé que Claude-Jean s'occupe à présent d'un groupe de jeunes rappeurs et qu'il a bien l'intention de les amener en haut de l'affiche. Mathilda est radieuse : elle a retrouvé son vrai petit Jorémi. Elle a même laissé tomber les algues et le concombre.

Bien involontairement, j'ai gagné moi aussi pas mal d'argent. Nous l'avons investi d'un commun accord avec maman et papa dans un superbe trente-huit tonnes avec lequel il sillonne les routes de France, seul maître à bord.

J'ai passé mes vacances avec Omar, dans sa cité H.L.M. sur le terrain de basket. Les mobylettes n'ont plus de secret pour moi. Je sais monter et démonter un moteur les yeux fermés. J'étais fin prêt pour la sixième mais un matin, en ouvrant le courrier, j'ai découvert la lettre m'invitant à me présenter à l'institut Albert Einstein en vue d'une inscription. C'était d'autant plus bizarre que mes parents n'y avaient déposé aucune demande.

Le directeur paraît sur le seuil. Pour une surprise, c'est une surprise ! Je lui saute dans les bras.

– Doucement, Nicolas ! Doucement ! me dit-il en riant.

Maman nous observe avec des yeux ronds. Je la mets au courant :

– C'est Bernard ! Mon ancien précepteur !

Alors contre toute attente, elle m'assène innocemment cette réplique qui me laisse groggy :

– Finalement, tu vois que j'ai été bien inspirée d'envoyer ta photo à Claude-Jean !

informations cascade

LES MÉTIERS DE LA CHANSON

Auteur (ou *parolier*) : il écrit les textes des chansons.

Compositeur : il écrit la musique des chansons.

Directeur artistique : il repère les nouveaux talents, les conseille, dirige les enregistrements.

Éditeur : autrefois, c'était celui qui imprimait les partitions de musique. Se dit aujourd'hui aussi des maisons de disques.

Imprésario : il trouve des contrats, organise des tournées et défend les intérêts de l'artiste.

Orchestrateur (ou *arrangeur*) : en fonction de la musique, il organise le « paysage sonore » qui accompagne la voix du chanteur : nombre et nature des instruments, bruitages, effets spéciaux.

Programmateur (ou *disc jockey*) : il choisit et éventuellement présente les disques d'une émission de radio ou d'une soirée.

LES SURDOUÉS

D'après le dictionnaire, être doué signifie « posséder naturellement ». Être doué pour quelque chose, c'est réussir dans cette voie grâce à des dons naturels, qu'il s'agisse de musique, de course à pied ou de mathématiques. Cela ne veut pas dire qu'il est inutile de travailler pour devenir encore meilleur !

Il y aurait un enfant surdoué pour dix mille enfants. Ces enfants apprennent généralement à parler et à lire très tôt (33 % savent lire avant 5 ans), ils comprennent et assimilent très vite et possèdent une curiosité insatiable. Ils ne sont pas forcément bons dans toutes les matières (problèmes en orthographe !) et se sentent souvent mal dans leur peau car mis à part.

Au début du XXe siècle, des psychologues français, Alfred Binet et Théodore Simon, ont établi des tests qui font le rapport entre l'âge mental d'un enfant et son âge réel. On obtient un pourcentage appelé le quotient intellectuel, ou Q. I., la moyenne se situant autour de 100.
Arthur Raniandrisva, un garçon au Q. I. de 170, a passé son brevet à 9 ans, son bac à 11 ans et a terminé à 14 ans, en 1991, une maîtrise de mathématiques.

ENFANTS PRODIGES

Wolfgang Amadeus Mozart (1756-1791)
Il apprend le clavecin à quatre ans et commence à composer à six ans. Conscient du talent de son petit prodige, son père organise des tournées de concerts dans toute l'Europe et le présente à la cour de l'empereur d'Autriche. Il a sept ans quand il est invité à Versailles pour jouer devant le roi Louis XV et huit ans, quand il joue en Angleterre devant le roi George III. Mozart se montre aussi doué pour le violon que pour le clavecin et, à dix ans, il reçoit ses premières commandes en tant que compositeur.

Michaël Jackson
Michaël est né en 1956. Il a six ans lorsqu'il débute avec ses frères et sœurs dans le groupe familial, les *Jackson Five,* monté par leur père, un bon musicien de musique soul. Le groupe remporte un grand succès. Des cinq enfants, Michaël devient le plus célèbre chanteur au monde quand il se lance en solo. Sa sœur Janet accomplit elle aussi aux États-Unis une carrière brillante. Privé d'une véritable jeunesse, Michaël Jackson est un éternel enfant, amoureux fou de Walt Disney, qui vit dans un univers totalement protégé. Il déclenche de véritables émeutes de fans sur son passage.

Vanessa Paradis
Vanessa Paradis, née en 1972, a débuté sa carrière à huit ans, le 3 mai 1980 dans l'émission de télévision *L'École des fans* en chantant *Émilie Jolie.* Elle devient une véritable star à l'âge de treize ans avec son disque *La Magie des surprises-parties,* et, l'année suivante, avec *Joe le taxi.* Elle continue aujourd'hui à chanter et a entamé une brillante carrière au cinéma, avec entre autres : *Noces blanches, Elisa* et *Un amour de sorcière*.

Macaulay Culkin
Né en 1980, Macaulay Culkin débute sa carrière à quatre ans en jouant *Casse-Noisette* au théâtre. Ses cinq frères et sœurs sont également acteurs, mais sans connaître la célébrité de leur petit frère qui, à dix ans, est l'un des acteurs les mieux payés du monde. En France, le public a adoré ses films *Maman, j'ai raté l'avion* et *Maman, j'ai encore raté l'avion*.

Jordy
Jordy est âgé d'à peine cinq ans lorsqu'il rencontre un succès prodigieux avec une série de chansons que tous les enfants connaissent par cœur : *Dur dur d'être bébé, La Danse du pouce dans la bouche, Allison...*

LE BASKET-BALL

Basket-ball signifie en anglais « balle au panier ». Ce jeu a été inventé en 1891 par un Américain, James Naismith, professeur d'éducation physique dans un collège du Massachusetts. Aujourd'hui, le basket est le sport le plus pratiqué en France après le football.

Les règles du basket ont été adaptées aux enfants de moins de 12 ans qui pratiquent alors le mini-basket.

LES RÈGLES

	BASKET ADULTE	MINI-BASKET
terrain	28x15 m	26x14 m
hauteur de panier	3,05 m du sol	2,60 m du sol
ballon	de 600 à 650 g	500 g
durée de jeu	deux mi-temps de 20 mm séparées par un repos de 10 mm	4 périodes de 10 mm
équipe	5 joueurs 7 remplaçants	5 joueurs 5 remplaçants

• Il est interdit de faire plus de trois pas sans dribbler, c'est-à-dire en faisant rebondir le ballon sur le sol.

• Une équipe n'a pas le droit de garder le ballon plus de 30 secondes sans tenter un tir.

Ces dossiers ont été réalisés en collaboration avec Nicole Bustarret.

cascade — 7-8 ans

CHAMPIONS LES ROLLERS !
Chantal Cahour.

CLÉMENT CHERCHE LA PETITE BÊTE
Chantal Cahour.

COMMENT DEVENIR PARFAIT EN TROIS JOURS
Stephen Manes.

COMMENT VIVRE 7 VIES SANS AVOIR MAL AUX PIEDS
Évelyne Brisou-Pellen.

UNE COPINE À LA PISCINE
Stéphane Méliade.

DEUX MAÎTRESSES POUR UNE RENTRÉE
Stéphane Daniel.

UN FANTÔME EN CLASSE VERTE
Sandrine Pernusch.

LE FILS DES LOUPS
Alain Surget.

LA GRANDE PEUR D'HALLOWEEN
Alain Surget.

INSPECTEUR CATASTROPHE
Gilles Fresse.

JUJU LA PÉTOCHE
Gilles Fresse.

LACE-MOI LES BASKETS
Guy Jimenes.

MAGIC MORGAN
Anne-Marie Desplat-Duc.

MON COUSIN EST CÉLÈBRE
Chantal Cahour.

MON EXTRATERRESTRE PRÉFÉRÉ
Évelyne Brisou-Pellen.

MYRTILLE N'EN FAIT QU'À SA TÊTE
Chantal Cahour.

MYSTÈRE ET CHARCHAFOUILLE
Jean Alessandrini.

MYSTÈRE EXPRESS
Jean Alessandrini.

OPÉRATION CALEÇON AU CE2
Catherine Missonnier.

PAPY PASSE À LA TÉLÉ
Béatrice Rouer.

PAPY RETOURNE À L'ÉCOLE
Béatrice Rouer.

LES PATATES MAGIQUES
Geneviève Senger.

LA PÊCHE AUX DOIGTS DE SORCIÈRES
Béatrice Rouer.

PETIT FÉROCE CHAMPION DE LA JUNGLE
Paul Thiès.

PETIT FÉROCE DEVIENDRA GRAND
Paul Thiès.

PETIT FÉROCE N'A PEUR DE RIEN
Paul Thiès.

PETIT FÉROCE VA À L'ÉCOLE
Paul Thiès.

LA PISTE DES CARIBOUS
Annie Paquet.

LA PLUS GROSSE BÊTISE
Évelyne Brisou-Pellen.

UNE POTION MAGIQUE POUR LA MAÎTRESSE
Gilles Fresse.

PRIVÉS DE TÉLÉ
Gilles Fresse.

LES QUATRE FONT LA PAIRE
Chantal Cahour.

Cascade — 7-8 ans

LE ROCK DE LA MAÎTRESSE
Gilles Fresse.

SEULS À LA MAISON
Geneviève Senger.

SITA ET LA RIVIÈRE
Ruskin Bond.

LA SORCIÈRE EST DANS L'ASCENSEUR
Paul Thiès.

SUPERMAN CONTRE CE2
Catherine Missonnier.

SURPRISE AU BRIC-À-BRAC
Chantal Cahour.

LE TRÉSOR DES DEUX CHOUETTES
Évelyne Brisou-Pellen.

VÉTÉRINAIRE, C'EST SUPER !
Anne-Marie Desplat-Duc.

LE VRAI PRINCE THIBAULT
Évelyne Brisou-Pellen.

LA VRAIE PRINCESSE AURORE
Évelyne Brisou-Pellen.

ZÉBULON LA TERREUR
Paul Thiès.

Cascade — Policier junior

DÉTECTIVE ZÉRO ZÉRO NUL
Michel Amelin.

LE MESSAGE DU REVENANT
Jacques Asklund.

CARTON ROUGE OU MORT SUBITE
Philippe Barbeau – Roger Judenne.

MISSION SECRETE POUR LE ZEBRE
François Charles.

LE MYSTÉRIEUX CAR DE MOINS LE QUART
François Charles.

LE SECRET DE L'AGENT SECRET
Stéphane Daniel.

C'EST QUOI CE TRAFIC ?
Gilles Fresse.

LA FILLE DU GANGSTER
Roger Judenne.

FANTÔME ES-TU LÀ ?
David Lubar.

L'OMBRE DU LOUP-GAROU
David Lubar.

UN AUTOMNE ROUGE SANG
Paul Thiès.

UN ÉTÉ BLEU CAUCHEMAR
Paul Thiès.

UN HIVER BLANC FRISSON
Paul Thiès.

UN PRINTEMPS VERT PANIQUE
Paul Thiès.

L'AUTEUR

Gilles Fresse est né dans une petite ville des Vosges en 1960. Il y a passé son enfance parmi les sapins.
Instituteur et comédien amateur, il crée voici quelques années un atelier théâtral pour enfants. Il écrit alors des pièces qu'il met en scène. Touché par le virus de l'écriture, il rédige son premier roman, *Une potion magique pour la maîtresse*, avec pour principale ambition de donner du plaisir à ses lecteurs.
Marié et père de deux enfants, il vit dans un petit village lorrain riche en vieilles pierres. Il partage son temps entre l'écriture, le théâtre et... l'école.

L'ILLUSTRATEUR

Thierry Christmann est né en 1964 à Strasbourg, en Alsace. Après cinq ans d'études aux Arts Décoratifs, il se lance dans l'illustration de livres documentaires, qu'il délaisse un peu actuellement pour illustrer des romans.
Il aime se promener dans sa ville avec un appareil photo à la recherche d'images intéressantes, d'anecdotes. Il en tire des clichés qui l'inspirent parfois pour son travail. Entre deux dessins, il arrive qu'il retourne à l'école, mais en tant qu'animateur. Et là, ce sont les élèves qui dessinent.

Achevé d'imprimer en novembre 2000
sur les presses de l'Imprimerie Hérissey
à Évreux (Eure)
Dépôt légal : novembre 2000
N° d'édition : 3509
N° d'Imprimeur : 88438